KB197287

글 스테판 위사르

프랑스 베르사유에서 태어났고 대학에서 영어와 에스파냐어를 공부했어요.
오스트레일리아로 가서 프랑스어 교사, 라디오 아나운서, 재즈 밴드 가수, 연극배우로 일했어요.
여행, 음악, 사람을 좋아해 세계 여러 곳을 돌아다녔고,
지금은 파리에 살며 노래로 배우는 어린이 외국어 시리즈를 기획하고 출판했어요.

그림 밀렌 리고디

프랑스 캉탈에서 태어났어요. 어린 시절에는 소라, 귀뚜라미, 풍뎅이를 즐겨 길렀고 호기심이 많았어요.
작은 것까지 꼼꼼히 관찰하는 성격이 그림을 그리는 데 도움이 되었어요.
그린 책으로는 〈도깨비 학교〉, 〈아빠 루이의 비밀〉 등이 있어요.

옮긴이 신연미

어린이책 출판사에서 어린이책을 만들었으며, 지금은 어린이책 작가 및 번역가로 일하고 있습니다.
옮긴 책으로는 〈넌 다리가 몇 개야?〉, 〈내가 이겼어!〉, 〈꼼짝 않기 대장 케빈〉, 〈잠자기 싫은 토끼〉,
〈엄마는 너를 정말 사랑하니까〉 등이 있습니다.

헬로 프렌즈

노아와 함께하는 몬트리올 이야기

글 스테판 위사르 ｜ **그림** 밀렌 리고디 ｜ **옮긴이** 신연미
펴낸이 김희수 **펴낸곳** 도서출판 별똥별 **주소** 경기도 화성시 병점1로 218 씨네샤르망 B동 3층
고객 센터 080-201-7887(수신자부담) 031-221-7887 **홈페이지** www.beulddong.com **출판등록** 2009년 2월 4일 제465-2009-00005호
편집·디자인 꼬까신 **마케팅** 백나리, 김정희 **이미지 제공** 셔터스톡

ISBN 978-89-6383-695-9, 978-89-6383-682-9(세트), 초판 All rights reserved. Copyright ⓒ 2022 by beulddongbeul

Noah de Montréal by Jaco Stéphane Husar
Copyright ⓒ 2021 by ABC MELODY Editions All rights reserved throughout the world
Korean Translation Copyright ⓒ 2022 by Beulddongbeul, Korea
This Korean edition was published by arrangement with ABC MELODY Editions, France through Milkwood Agency, Korea

노아 와 함께하는
몬트리올 이야기

스테판 위사르 글 | 밀렌 리고디 그림

헬로우? 내 이름은 노아야.
난 몬트리올에 살아.
나랑 함께 우리 가족과 친구들을
만나러 갈래?

별똥별

안녕? 난 노아야.
나이는 여덟 살이지.
캐나다 퀘벡주의 몬트리올에 살고 있어.

몬트리올은 토론토에 이어
캐나다에서 두 번째로 큰 도시란다.
세인트로렌스강 언저리에 자리 잡고 있어.
저기 마운트 로열 공원이 보이니?
단풍이 멋지게 물들었어.

내가 사는 몬트리올은 겨울이 무척 춥고 눈이 많이 내려.
그래서 겨울엔 마운트 로열 공원에서
스케이트와 스키와 썰매를 맘껏 탈 수 있어.
정말 신나겠지?

몬트리올에는 몬트리올 노트르담 대성당, 올림픽 경기장, 바이오 돔 등 볼거리가 많아.
곤충관과 천문관과 박물관도 있지.
난 그중에서 맥코드 캐나다 역사 박물관을 제일 좋아해.
캐나다 원주민의 물건과 옷들을 볼 수 있거든.

우리 집은 마운트 로열 공원 근처에 있어.
초록색 집이 바로 우리 집이야.
우리 가족을 소개할게. 다정한 엄마와 아빠,
재미있는 형 알렉스, 귀여운 여동생 마리,
그리고 장난꾸러기 강아지 테디야.

13

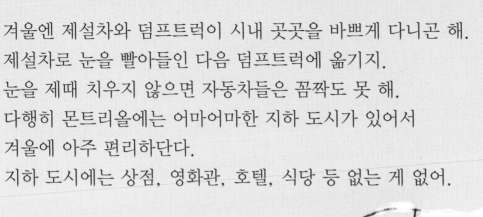

겨울엔 제설차와 덤프트럭이 시내 곳곳을 바쁘게 다니곤 해.
제설차로 눈을 빨아들인 다음 덤프트럭에 옮기지.
눈을 제때 치우지 않으면 자동차들은 꼼짝도 못 해.
다행히 몬트리올에는 어마어마한 지하 도시가 있어서
겨울에 아주 편리하단다.
지하 도시에는 상점, 영화관, 호텔, 식당 등 없는 게 없어.

우리 엄마는 초등학교 선생님이고, 우리 아빠는 수의사야.
엄마의 고향은 캐나다의 수도인 오타와이고, 아빠의 고향은 이곳 몬트리올이야.
우리는 캐나다의 공식 언어인 프랑스어와 영어를 모두 사용해.
넌 어떤 언어를 사용하니?

내 친구들이야.
파올라, 막심, 티아고, 쳉, 코피, 레일라는 각각 이탈리아, 프랑스,
포르투갈, 중국, 나이지리아, 레바논에서 왔어.
매년 학교에서 여러 나라의 음악과 요리를 즐기는 파티를 열어.
친구들과 함께 마치 세계 여행을 하듯 즐거운 시간을 보내.

난 역사와 지리를 제일 좋아해.
우리 선생님은 세계 여러 곳에 여행을 많이 다니셔서
우리에게 많은 이야기를 들려주시지.
나도 커서 선생님처럼 유럽과 아시아를 여행하고 싶어.

이제 쉬는 시간이야.
친구들과 함께 축구를 할 거야.

21

캐나다에서 제일 인기 있는 스포츠는 아이스하키야.
나도 세 살 때부터 아이스하키를 배웠어.
내가 속한 팀은 꽤 훌륭한 팀이야.
매주 토요일, 난 아이스하키 경기를 해.
오늘은 내가 득점을 할 수 있을까?

난 가족과 함께 아이스하키 경기를 보러
오타와에 가곤 해.
난 몬트리올 캐나디언스의 팬인데,
할아버지와 할머니는 오타와 세너터스의 팬이야.
두 팀이 경기할 때면 각자 좋아하는 팀을 위해 열심히 응원해.

25

캐나다 사람들은 메이플 시럽을 참 좋아해.
파이, 구운 채소 요리, 생선, 팬케이크 등
여러 요리에 메이플 시럽을 넣어서 먹는단다.
참! 퀘벡 전통 요리인 푸틴을 꼭 먹어 봐.
푸틴은 감자튀김에 치즈를 얹은 요리야.
매운 소스와 함께 먹으면 진짜 맛있어.

26

캐나다는 무척 크고 아름다운 나라야.
우리 가족은 종종 캐나다 여러 곳으로 여행을 다녀.
지난주엔 캐나다 북서쪽에 있는 유콘 준주에 갔었어.
이번 여행에서는 비버, 불곰, 무스, 스라소니 등
여러 야생 동물들을 보았어.

크리스마스가 되면 크리스마스트리를 알록달록 장식하고,
선물도 옹기종기 놓아두지.
크리스마스 전날엔 온 가족이 함께 모여서 칠면조 요리를 먹는단다.
이제 통나무 모양 케이크인 부쉬드노엘을 먹을 거야.
정말 맛있겠지?

이제 헤어질 시간이네.
내가 사는 몬트리올에 꼭 놀러 와.
굿바이(안녕)!

몬트리올의 멋진 볼거리

Montreal

🔴 몬트리올 노트르담 대성당

몬트리올에서 가장 오래된 성당이자, 북아메리카에서
최대 규모의 성당이에요. 5772개의 파이프로 만든
거대한 파이프 오르간이 있어요.

캐나다 동쪽에 있는
퀘벡주 주기예요.

🔴 바이오 돔

원래 1976년 하계 올림픽 경기를 위해 세운
곳이에요. 현재는 실내 생태계 전시관으로
쓰이고 있으며 곤충 전시관, 동물원, 수족관,
식물원 등이 있어요. 캠핑을 하면서 야행성
동물도 관찰할 수 있어요.

맥코드 캐나다 역사 박물관

캐나다의 역사와 문화를 알 수 있는 많은 유물이 전시
되어 있어요. 캐나다 원주민들에 대한 민속자료부터
캐나다인들의 복장과 사진 자료, 예술 작품 등 방대한
자료를 소장하고 있어요.

마운트 로열 공원

마운트 로열 공원은 작은 산을 포함한 공원이에요. 몬트리올
에서 나무가 가장 많은 곳이에요. 마운트 로열에 있는 비버
호수는 인공적으로 만든 호수예요. 스키 연습장, 조각 공원,
전망대 등 즐길 곳이 많아요.

캐나다의
멋진 볼거리

온타리오 사이언스 센터

토론토 시내 근처에 있는 세계적인 과학 박물관이에요. 직접 체험해 볼 수 있는 여러 가지 과학 교육 프로그램이 운영되고 있어요.

나이아가라 폭포

캐나다와 미국 국경을 가로질러 흐르는 나이아가라강에 있는 거대한 폭포예요. 폭포는 두 줄기로 나뉘며, 한쪽은 캐나다 폭포, 다른 쪽은 미국 폭포예요.

리도 운하

캐나다의 수도인 오타와에 있는 운하예요.
1800년대 미국과의 전쟁에 대비하기 위해 만들었어요.
19세기 운하의 모습을 그대로 보존하고 있어
유네스코 세계 문화유산으로 지정되었어요.

밴쿠버 하버 센터 타워 전망대

밴쿠버 도심과 항만, 바다를 한 눈에 볼 수 있는
전망대예요. 건물 꼭대기에 있는 접시 모양의
전망대가 회전하여 한곳에 가만히 있어도
전경을 다 둘러 볼 수 있어요.

캐나다의 국기

캐나다의 국기는 단풍잎 모양이 있어서
'메이플 리프 플래그'라고 해요.
빨간색은 태평양과 대서양을 나타내고,
11개의 각이 있는 빨간 단풍잎은 캐나다의
상징이에요.

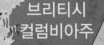

유콘
준주

노스웨스트
준주

브리티시
컬럼비아주

앨버타주

서스

정식 명칭 캐나다
위치 북아메리카 대륙 북부
면적 약 998만 4670㎢
수도 오타와
인구 약 3910만 명 (2024년 기준)
언어 영어, 프랑스어
나라꽃 단풍나무

헤드 스매시드 버펄로 지대
앨버타주 남서쪽에 있는 원주민 부락의 유적지로
버팔로 뼈가 많이 묻혀 있어요.
북아메리카에서 가장 크고 오래된 버펄로 사냥터가 잘 보존되어 있어요.
유네스코에서 지정한 세계 문화유산이에요.